GW01019029

Se vende mamá

Care Santos

Ilustraciones de Andrés Guerrero

PREMIO EL BARCO DE VAPOR 2009

Primera edición: mayo 2009
Tercera edición: febrero 2011

Dirección editorial: Elsa Aguiar
Coordinación editorial: Berta Márquez

Impresores, 2
Urbanización Prado del Espino
28660 Boadilla del Monte (Madrid)
www.grupo-sm.com

ATENCIÓN AL CLIENTE
Tel.: 902 121 323
Fax: 902 241 222
e-mail: clientes@grupo-sm.com

ISBN: 978-84-675-3571-6
Depósito legal: M-21086-2009
Impreso en la UE / *Printed in EU*

Para Adrián, Elia y Álex,
mi inspiración diaria.

1 *Si quieres triunfar como publicista, nunca digas la verdad*

La verdad es que sin Nora no lo habría conseguido. Nora es la mejor con el ordenador. Y la más lista. Pero es mi amiga por esa y por muchas otras cosas.

Fue el sábado por la tarde. Estábamos en su casa, donde, como de costumbre, no había nadie. Nora preparó la merienda (galletas con crema de cacao, zumo de naranja, ositos de regaliz y pistachos) y luego conectó el aparato y me enseñó la página de la que me había hablado.

–Adelante, hazlo –me invitó con una mano extendida hacia la luminosidad de la pantalla–, ¿o necesitas ayuda?

Le dije que no, pero me precipité. Durante un buen rato, estuve intentando escribir aquellas frases. Escribía tres palabras, borraba dos y me quedaba un buen rato mirando la que había dejado, sin saber qué hacer.

Nunca había pensado que escribir un simple anuncio fuera tan difícil. Pero había tantos requisitos que cumplir que terminé por bloquearme.

–Recuerda que tiene que ser claro, directo, sencillo, atractivo y cierto, pero sin pasarse –recordaba Nora, la experta, a quien todo eso se lo había explicado una de las novias de su padre, que compraba de todo en aquella página: desde mascotas o pantalones de color naranja hasta los servicios de un pintor o un abogado.

Con tanta presión no había forma de avanzar. Entonces, Nora dijo:

–Anda, quita. Déjame a mí, eres más lento que un caracol lesionado –y ocupó el lugar frente a la pantalla.

Mi amiga no dudó ni un momento. Frunció el ceño, muy concentrada, agarró el ratón, borró todo lo que yo había escrito (que no era mucho, la verdad) y dijo:

–Vamos a decirlo de una manera que llame la atención. Ese es el secreto de la publicidad, ¿lo sabías?

Un palito parpadeante esperaba en la pantalla a que alguien comenzara a hacer algo.

–Primero hay que rellenar esto –dijo Nora, señalando un punto de la página de internet que había abierto–: aquí donde dice «descripción del producto», ¿qué quieres que digamos?

Dudé de nuevo. Mi padre siempre dice que mis neuronas se colapsan cuando tienen que tomar decisiones. Tiene razón. Cuando tengo que elegir algo (incluso algo sencillo como si prefiero yogur o flan), comienzo a pensar en un montón de cosas, y me bloqueo. Como los teléfonos móviles cuando escribes tres veces una clave de acceso equivocada. Mi pantalla también se queda en blanco.

–¿Tú qué crees que deberíamos decir? –le pregunté a Nora–. Tal vez, lo mejor sería dejarlo en blanco.

–¡De ninguna manera! ¿Cómo vas a venderla si no explicas cómo es? ¿O tú comprarías algo sin tener ni idea de qué hace?

–No... Supongo que no...

–¡Por supuesto que no!

A veces, la seguridad de Nora me da un poco de miedo. Otras, me hace sentirme a salvo. Mi madre suele decir que todo el mundo tiene su carácter y que nadie debe avergonzarse por ser como es. Si fuéramos un fenómeno atmosférico, yo sería un día de primavera, en que no hace mucho frío ni mucho calor, no hay muchas nubes pero tampoco luce un sol espléndido. Nora, en cambio, sería uno de esos días de agosto en que te mueres del sofoco. O tal vez una tormenta de otoño, con granizo, rayos, truenos y mucho viento. Ella es de las que llaman la atención; habla con voz fuerte, siempre se mete en líos, es la capitana del equipo de balonmano, la delegada de la clase y la directora del grupo de teatro. Yo, en cambio, prefiero no tener que levantarme de mi silla ni para ir al baño, y lo que más me gusta es estar en la última fila de clase para no llamar la atención.

–¡Mira que eres pasmado…! –me reprochó–. Bueno, mientras lo piensas, iré rellenando tus datos. A ver… Nombre, Óscar Cabal Paloma. Edad, 8.

–Casi nueve –corregí.

–Vale, pongo ocho y medio. Ya está. ¿Sigues pensando? Veo que voy a tener que hacerlo yo...

Nora se comportaba como de costumbre: no dudaba nada, ni las cosas más difíciles. Sus dedos se movían de un lado a otro del teclado, a toda prisa, mientras el texto del anuncio comenzaba a cobrar forma. Yo iba leyendo al mismo ritmo que escribía y me maravillaba que supiera tan bien lo que había que decir:

Se vende mamá de 38 años, pelo de color castaño claro, no muy alta (pero tampoco bajita), ojos marrones, bastante guapa. Le salen muy bien la lasaña, la pizza de cuatro quesos y los crepes de sobrasada. Le gusta ir a los parques de atracciones. Es muy cariñosa y tiene la voz agradable. Conoce un montón de cuentos. Casi nunca regaña.

–Eso no es verdad –señalé la última frase.

Ella sonrió como justificándose y dijo:

–Son estrategias de *marketing*. Ningún vendedor dice nunca toda la verdad.

–¿Y lo de la sobrasada crees que hay que decirlo?

–¡Claro! ¡Están riquísimos! Hay un montón de gente que se animará a contestar solo para probar los crepes de sobrasada, estoy segura.

Me dejó descolocado, sin saber qué decirle. Ese es uno de los efectos secundarios más molestos de todos los que me provoca la compañía de Nora.

Agarró el ratón y verificó que no se nos olvidara nada.

–Aquí dice si aceptas permutas –dijo.

La miré extrañado, porque nunca había oído esa palabra tan rara.

–Significa que no solo aceptas dinero, también otras cosas a cambio.

–¿Qué cosas?

–No lo sé. Cosas. Lo que te ofrezcan. Ya lo verás más adelante, ¿no? Yo pondría que sí.

–Muy bien, pues pon que sí.

Nora marcó una casilla.

–¿Quieres añadir algo más?

Me encogí de hombros.

–Como dices que las cosas malas no pueden decirse... –susurré.

–Por supuesto que no. Para conseguir clientes, solo debes decir las cosas buenas. Las malas, ya las sabrán en su momento, cuando ya no haya vuelta atrás.

Todo aquello del *marketing* era un poco raro. Para mí hubiera sido mucho más fácil redactar un anuncio con toda la verdad. Algo así como:

Vendo mamá seminueva de 38 años
(pero que aparenta 36 o menos), guapa,
buena cocinera (aunque cocina poco y cuando
lo hace se empeña en hervir verduras todo
el tiempo), adicta a la fruta y obsesionada
por los libros (y porque todo el mundo lea).
Últimamente se ha vuelto más cascarrabias
y más ordenada que nunca. Ya no va
al cine ni a ninguna otra parte.
Y me está dejando de querer.

Pero ya entiendo que habría sido muy poco práctico.

–Tenemos que ponerle un precio.

¡Menudo problema! De nuevo, no tenía ni idea. Y creo que en este caso, la culpa no era de mi carácter. ¿O habría muchos niños de ocho años capaces de saber cuánto vale su madre?

–Pondremos un euro más gastos de envío –dijo Nora.

–¿Solo un euro?

–Es lo que hacen todos, mira –respondió señalando otros anuncios, todos de cosas–. Si les interesa, ya te ofrecerán más por ella –sentenció–. Se llama subasta.

–Ah. Bueno, de todas formas, yo no lo hago por el dinero –respondí.

–Muy bien. Entonces, ya está.

Los dedos de Nora adquirieron otra vez velocidad sobre el teclado.

Interesados,
contactar con: topoazul@patum.com
Y si eres del barrio del Almanaque, puedes dirigirte a la puerta del CEIP Mar Salado cualquier tarde, a las cinco (por la puerta de los contenedores).

Y, como si fuera el perfecto final para aquella escena, el índice de Nora describió una parábola perfecta sobre el teclado, como a cámara lenta; luego comenzó a descender, despacio, hasta aterrizar con la seguridad acostumbrada sobre la tecla grande de la derecha, la que enviaba el anuncio.

En la pantalla del ordenador apareció un mensaje:

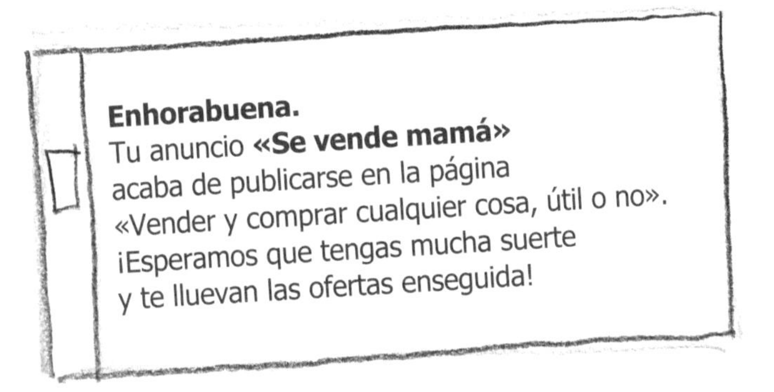

No se me ocurrió nada que decir, salvo:

–Gracias, sin ti no habría sabido hacerlo.

Nora contestó:

–De nada. Los amigos están para eso, ¿no? El día que yo me decida a vender a mi padre, tú también me ayudarás, supongo.

2 *Los remord se parecen de cuatro q*

EL padre de Nora es Martín Galán. Sí, sí, el famoso Martín Galán, el presentador del concurso estrella de la televisión *El más memo siempre gana*. No hay ni uno solo de mi clase que se pierda ese programa. Es fantástico, sobre todo cuando el presentador (es decir, el padre de Nora), con aquella cara de borde, da un paso atrás para que el suelo se abra y el concursante más torpe empuje al más listo, al que ha acertado más preguntas y, de hecho, ha ganado el concurso. Es divertidísimo verles caer en

…e sucio y negro, y luego levan-
…gosos y tan empapados, resbalar
…, antes de conseguir tenerse en pie y
…a duras penas hasta el pulsador rojo
…eclara el concurso acabado y al memo
…mpletamente a salvo. ¡Y Martín Galán mirando a la cámara con aquella expresión de malas pulgas, con una ceja arriba y otra en su sitio, mientras suena la misma música de suspense de siempre!

Por las mañanas, antes de entrar en clase, nadie habla de otra cosa: de cómo levantó la ceja Martín Galán anoche, o de qué le dijo al pobrecito ganador antes de que cayera en la piscina de porquería viscosa. Siempre dice cosas increíbles, como aquel día en que miró muy serio al vencedor del concurso y dijo: «Prepárese a arrepentirse de haber sido tantos años el empollón de la clase». ¡Qué genial! O aquel otro en que sonrió un poco (todos pensamos que fue la única vez) y le dijo al memo del día: «Te felicito por no haber abierto jamás un libro, ni siquiera uno de instrucciones».

A todo el mundo le cae bien el padre de Nora. Todo el mundo querría ser su hijo. Alucinan cuando le ven en las revistas, siempre en compañía de cantantes o actrices guapísimas. ¡Si hasta fue novio de Selma Anisakis! Una revista del corazón les hizo unas fotos mientras se bañaban en una playa desierta de una isla perdida (o puede que fuera la playa perdida de una isla desierta, no me acuerdo). Y no ha sido la única. Al padre de Nora, las novias nunca le duran más de un trimestre. A veces, cuando una acaba de marcharse y la siguiente aún no ha llegado, invita a su hija a acompañarle en sus viajes, que siempre son a sitios geniales. El curso pasado la invitó a Nueva York, ¡en plena temporada de exámenes! Fue la envidia de toda la clase.

¿Estáis pensando que si en mi clase votáramos al personaje que nos resulta más simpático, el padre de Nora ganaría por amplia mayoría? ¿Que todos mis amigos, incluyéndome a mí mismo, querrían ser hijos suyos? ¿Que no hay nadie en todo el colegio que no desee una vida como la de Nora?

Os equivocáis: en realidad, hay una persona que no querría nada de eso, y es Nora. A Nora no le gusta nada su vida, no está de acuerdo con las cosas que hace su padre y jamás le votaría como el personaje más simpático.

En fin. Las chicas son un poco raras.

Nora no vive lejos de casa. Caminando, no se tarda ni un cuarto de hora. Aquel sábado, después de poner el anuncio, me despedí de ella y enseguida comencé a sentir que los remordimientos se estaban organizando, como un ejército invasor dispuesto a atacar mi optimismo. Al principio, no me preocupé demasiado: uno de los efectos secundarios que tiene separarme de mi mejor amiga es que a los dos segundos de estar sin ella, ya no veo nada claro.

En el camino hacia casa, me dio por pensar qué cara pondría Teresa, mi maestra, de saber que había puesto a la venta a mi madre por internet. Se quitaría las gafas para arrugar mejor las cejas, como siempre que algo le parece fatal, y comenzaría a hacerme preguntas difíciles, de esas que no sé contestar porque me paso el rato pensando que no sabré contestarlas.

Fue entonces cuando me di cuenta de que los remordimientos se parecen al queso derretido. Ese que mi madre pone en mi plato favorito, la pizza de cuatro quesos: al principio, siempre parece poco, pero luego empieza a derretirse, a extenderse, a llenarlo todo, y cuando te lo comes te das cuenta de que, si llega a haber un poco más, habrías podido reventar.

Mis remordimientos aquel sábado, mientras caminaba hacia casa, también se extendían poco a poco, llenándolo todo, y también resultaban un poco empachosos.

Y eso que aún no sabía que antes de meterme en la cama ya habría en mi bandeja de entrada una respuesta a mi anuncio. Un comprador interesado en probar los crepes de sobrasada.

3 *Lista de cosas horribles (que se empeña en hacer mi madre)*

1. Quiere más al garbanzo que a mí. Ella dice «igual», pero yo sé que no es verdad. No es justo. Yo ayudo a poner la mesa, bajo la basura, compro el pan y dejo mi ropa en el cesto junto a la lavadora. Él no hace nada de nada (nunca).

2. Es simpática y cariñosa con los otros niños. Con todos, da igual que sean los de mi clase, los del otro grupo, los hermanos pequeños y mayores de los de mi clase (o los hermanos pequeños y mayores de los del otro grupo), los hijos de los vecinos, y hasta los desconocidos si tienen menos de 14 años y, sobre-todo-pero-sobre-todo, con Nora. A Nora siempre le regala libros y la llama cariño.

3. Es la propietaria de la librería El Librodrilo. Por eso está obsesionada con que todo el mundo lea (en especial, yo). No me parece tan normal, porque papá es director de un banco y no se pasa el día diciéndome que tengo que ahorrar.

4. No me deja comer lo que me gusta. Echa pimiento a la pizza. Me compra chucherías una sola vez por semana. Hace cremas de verduras raras, como el calabacín o el apio. Se pone muy pesada con que pruebe comidas asquerosas (gambas, almejas, palitos de cangrejo, alcaparras…) y nunca, pero nunca, me deja repetir postre de chocolate.

5. Limita mi vocación artística y mi libertad doméstica. Es decir: no quiere que pinte con acuarelas en casa ni me deja tomarme la leche en el sofá.

6. **Se pasa el día diciéndome que tengo que ser responsable** (puede decirlo hasta doce veces en 10 horas). Yo odio esa palabra, a pesar de que ahora ya sé lo que significa. Cuando no conocía su significado, la odiaba más aún.

Voy a explicar esto último.

Durante mucho tiempo pensé que responsable era una profesión, igual que ser maestro o ser bombero.

De pequeño me daban miedo los bogavantes, las langostas y los cangrejos vivos que veía en el mostrador de la pescadería. Temía que saltaran y me agarraran la nariz con una de sus pinzas gigantes llenas de aristas puntiagudas. También me daba un poco de miedo el pescadero, que tenía una tripa muy gorda y se la sujetaba con un delantal muy apretado, lleno de manchas. Cuando me descubría mirando los bogavantes o los cangrejos, siempre cogía uno, me lo acercaba y decía:

–No pasa nada, tócalo.

A mí, aquellos bichos feos me asustaban más que la oscuridad del pasillo y los ruidos de las tuberías del baño juntos.

Una vez, cuando entramos en la pescadería, encontramos al señor del delantal atándoles las pinzas a los bogavantes con cinta adhesiva.

–¿Por qué lo hace? –le pregunté a mi madre.

–Porque es responsable –contestó ella, mientras estudiaba con mucho interés un montón de boquerones.

Esa era la razón por la que yo no quería ser responsable. No quería ni imaginar tener que tocar las pinzas de los bogavantes. Qué miedo. Cuando supe qué era un pescadero, entendí un poco más lo que había querido decir mi madre

(aunque solo un poco, a veces los niños necesitamos dos años para entender algo, pero al final lo conseguimos, todo es cuestión de no perder la confianza en nosotros).

Bueno, el caso es que cuando busqué en el diccionario lo que significaba *responsable*, tampoco me gustó nada: «Que pone cuidado y atención en lo que hace o decide».

Igual hubiera sido más divertido tocar pinchos de bogavante.

La lista de cosas horribles (me salieron seis, pero solo por falta de tiempo) la escribí en la trastienda de El Librodrilo aquel mismo sábado, mientras el garbanzo dormía y yo le vigilaba esperando a que llegara la hora de cerrar. Esperar en la trastienda a que llegue la hora de cerrar es horrible. Y más aún cuando tu madre acaba de decirte que te va a preparar pizza de cuatro quesos para cenar (mi plato favorito) y tú sientes que tus remordimientos se expanden como un mar de mozzarella recién fundida.

4 *La sombra de la duda también puede ser negra*

¿CUÁNTO hacía que mamá no proponía cenar pizza de cuatro quesos? ¡Una eternidad! Por lo menos, desde antes de que naciera el garbanzo.

Tal vez haya llegado el momento de decir que el garbanzo es mi hermano. Tiene tres semanas y dos días. Es feo, gordito, pálido y arrugado como un garbanzo, por eso le puse ese nombre (aunque es un nombre secreto, que solo sabemos Nora y yo).

La vida del garbanzo es lo más aburrido del mundo: solo come, duerme y hace sus necesidades.

A veces abre los ojos y mira a su alrededor. De vez en cuando, llora. A veces estornuda y tose. Cuando llora, pone nervioso a todo el mundo. Cuando tose o estornuda, también. Además de esas cosas, no sabe hacer nada más. Si llego a saber que era tan aburrido, no les hubiera dado permiso a papá y mamá para que me fabricaran un hermanito.

Y lo peor es que, a pesar de ser un muermo, se las apaña para que mamá le quiera. Ella pasa mucho más tiempo con el garbanzo que conmigo, lo cual solo puede significar que le quiere más a él que a mí. Aunque cuando me ve, disimula. Finge que yo todavía le importo como antes. Me pregunta, por ejemplo: «Hola, cariño, ¿cómo estás? ¿Te lo has pasado bien en casa de Nora?».

Estoy seguro de que mi madre tiene un batallón de espías contratados para seguirme a todas partes.

Pero hay algo que los espías de mi madre no pueden controlar: mi canal de conversación automática.

En cuanto llegamos a casa aquella noche, aprovechando que era sábado y no había que acostarse temprano, me senté frente al ordenador y me conecté un rato a internet. En el canal de conversación me encontré con Nora. Utilizaba su seudónimo de estar enfadada: Wildgirl.

Nada más verme, me mandó un mensaje, que se abrió al instante:

«Hola, Topoazul».

Yo le pregunté lo más evidente:

«¿Estás bien?».

No me había equivocado.

«No», escribió, «estoy que muerdo».

«¿Conmigo?».

Nora siempre me asusta. Será porque no suelo entenderla.

«No, tonto. Con Fermina. Mi padre no está y ella no me habla desde que me comí su tofu».

Fermina Daza, la actriz colombiana de teleseries, es la novia de su padre desde hace dos semanas. Solo sale de casa para comprar comida vegetariana o hacer cursillos raros (de meditación y cosas así).

«¿Te comiste su qué?», pregunté.

«Su tofu. Es como un queso, pero se hace con soja. Es japonés, muy sano».

«¿Y a qué sabe?».

«A nada. Es muy rico».

No me quedó del todo claro si había entendido esta última respuesta, pero pasé a otra cosa.

«¿Ya has cenado?», escribí.

«No. Creo que no hay nada en la nevera».

«Mi madre está preparando una pizza de cuatro quesos. ¿Te apetece venir a mi casa?».

No esperé a que Nora contestara: corrí hasta la cocina y le dije a mi madre que el padre de Nora estaba de viaje, que mi amiga estaba en casa con una actriz de teleseries que no le dirigía la palabra y que no tenía nada en la nevera para cenar, y le pregunté si podía invitarla a comer pizza de cuatro quesos.

–Claro, hijo. Dile que venga –respondió mi madre, mientras le lanzaba una mirada enigmática a mi padre.

Corrí a leer la respuesta de mi amiga, que era exactamente la que había imaginado:

«¡Genial! En media hora estoy ahí».

Nora tiene una suerte inmensa. No tiene que pedirle permiso a nadie para hacer las cosas, porque su padre casi nunca está en casa. Puede quedarse despierta hasta tarde, comer lo que quiera (incluso chuches y ganchitos y cortezas) y salir siempre que le apetece. Además, su padre le da una paga cuatro veces mayor que la mía. Y tiene teléfono móvil. Y yo aquí, en la edad de piedra.

Para hacer tiempo mientras esperaba a mi amiga, decidí mirar mi correo electrónico. ¡El corazón me dio un tumbo cuando descubrí un mensaje en la bandeja de entrada! Lo enviaba alguien llamado Sombra Negra, y se titulaba «Me interesa tu anuncio». Leí, nervioso:

Hola, Topoazul:

Me interesa tu anuncio. Tengo un teléfono
de último modelo (un Pokia 65), un patinete plateado
con motor y una consola de tercera generación.
Te lo cambio todo por tu madre. Si estás interesado,
el jueves en la Biblioteca de las Batuecas, frente a las
películas de acción, a las cinco y media. Soy pelirrojo.

Firmado: Sombra Negra.

Aquel sobrenombre, la verdad, no me hizo ni pizca de gracia.

5 *Un cliente empollón y un montón de dudas*

El primer jueves de cada mes, mi madre es la encargada de contar cuentos en la Biblioteca de las Batuecas. Por eso me venía tan bien que Sombra Negra me hubiera citado precisamente allí ese día, en que de todos modos tenía que ir. Era la primera sesión de cuentacuentos de mi madre desde que nació el garbanzo, y mientras ella subía al escenario con su gran sombrero y asombraba a los muchos niños que siempre van a escucharla, a mí me tocó cuidar de mi hermano. Y sin subida de la paga ni nada. Menudo morro.

Aquella tarde llegamos un poco antes de la hora a la que me había citado Sombra Negra y comencé a dar vueltas por la sección de películas, para reconocer el terreno. Quería asegurarme de que sabía bien dónde estaban las de acción, para estar en el lugar adecuado cuando llegara el momento. Mi madre me dejó al garbanzo bien arropado y metidito en su garbancera (es decir, en el cochecito) y se marchó a cambiarse de ropa. Le observé durante un minuto: el garbanzo estaba en fase de desconexión. Perfecto, porque allí había quien tenía importantes negocios que hacer. ¿Y dónde se ha visto un hombre de negocios cuidando de un bebé?

Escondí el cochecito detrás de unos archivadores de revistas y me senté delante de la zona de pelis de aventuras, con cara de tío duro (bueno, me limité a ponerme muy serio). Cuando mi madre, ya maquillada y con su sombrero de contar cuentos sobre la cabeza, comenzó la sesión, era casi la hora de mi cita con Sombra Negra. El escenario quedaba al fondo del patio, y desde donde yo estaba no se veía muy bien, pero escuché perfectamente su voz por megafonía cuando presentó la sesión diciendo:

–Lo primero, quiero agradecer a todos los que habéis venido que no me hayáis olvidado en estas semanas de ausencia. Si recordáis, la última vez que me subí a este escenario estaba muy gorda porque iba a tener un bebé. Y hoy puedo volver a hacerlo porque tengo un ayudante muy servicial. Por eso quiero dedicar los cuentos de hoy a la personita más especial de mi vida, aunque no voy a decir quién es, porque no le gusta que diga su nombre en público (es muy vergonzoso, además de un poco despistado). Y se los dedico porque si no fuera por él, que me ayuda, no podría estar en este escenario. Y también porque la historia que os voy a contar fue durante muchos años su favorita, desde que nos la inventamos juntos una tarde de mucho frío en que salíamos del colegio agarrados de la mano.

Mi madre me miró y me guiñó un ojo. Yo sentí como un sofoco que me subía por la nuca y me calentaba la cabeza como si me la acabaran de meter en el microondas.

Supongo que nadie en aquella sala tan abarrotada tenía ni idea de lo que mi madre acababa de explicar. Excepto yo, claro. Yo cono-

cía cada detalle: el niño del que hablaba era yo y el cuento que venía a continuación se llama *La paloma que perdió su mejor pluma en el patio de un colegio*. Y mi madre tenía razón: lo inventamos juntos. Aunque de eso hacía mucho-pero-que-mucho tiempo. Cuando aún necesitaba a mi madre para volver a casa todos los días.

Pero lo que más me impactó de todo fue que se refiriera a mí como «la personita más especial de mi vida». De pronto, comencé a sentirme fatal. Más o menos como deben de sentirse los malos de los cuentos justo antes de traicionar a la princesa más bondadosa y más guapa.

En ese momento vi al chico pelirrojo, que se acercaba hacia mí. Caminaba con mucha seguridad hacia la zona de las pelis de aventuras y me miraba fijamente.

Pensé que solo podía ser él, mi cliente: Sombra Negra.

Me lo confirmó en el acto, cuando se detuvo a mi lado, se acercó a mi oído y susurró, con mucho misterio:

–Hola, Topoazul. Soy Sombra Negra. ¿Has traído a tu madre?

¿Os imagináis qué hubiera hecho el lobo feroz si, justo cuando iba a comerse a la abuelita, esta le hubiera dicho que era el lobo más guapo, más bueno y más inteligente de todos los lobos que había conocido en su vida?

Yo no creo que el lobo feroz sea en realidad tan desagradable como lo pintan. Más bien pienso que cuando escribieron el cuento tenía un mal día.

De modo que le dije a Sombra Negra todo lo contrario de lo que había pensado que le diría:

–No sé quién es Topoazul. ¿Tú quién eres? –disimulé.

Sombra Negra me miró entrecerrando los ojos con incredulidad. Abrió la boca dos veces, pero no dijo nada hasta el tercer intento, en que preguntó:

–¿Te estás rajando?

–No sé de qué me hablas –insistí, cada vez más sofocado.

Lo único que tenía claro en aquel momento era que tenía que largarme de allí cuanto antes. Y entonces... ocurrió un milagro familiar. El garbanzo se comportó por primera vez como si fuéramos un equipo: se conectó de repente y comenzó a berrear, tan fuerte que muchos se volvieron a mirarle. Incluso Sombra Negra dio un respingo.

Aquel fenómeno acústico me dio la excusa perfecta para irme de allí.

–Lo siento mucho, pero mi hermano tiene hambre. Tengo que irme –dije, empujando el cochecito para sacarlo de detrás de los archivadores de revistas.

Al sentir el movimiento, el garbanzo se calló en el acto. Como el despertador de papá cuando aprietas el botón alargado.

Sombra Negra no quería darse por vencido tan pronto. Se puso delante de mí y me bloqueó el paso. El garbanzo (en su cochecito) y yo nos quedamos atrapados entre Sombra Negra y la sección de comedias románticas.

–No me trago que no seas Topoazul –dijo levantando la voz– y quiero saber de qué va todo esto y por qué te estás rajando.

Como si aquella repetición le hubiera molestado tanto como a mí, el garbanzo comenzó a llorar de nuevo, esta vez más fuerte (el despertador de papá hace lo mismo). Pasó de cero a cien en medio segundo. Esta vez, Sombra Negra le miró con cara de verdadero susto y dio un paso atrás. No parecía tener mucha experiencia en garbanzos y eso, la verdad, fue una inmensa suerte. Aproveché esta circunstancia para huir de allí empujando el cochecito tan rápido como pude.

–Lo siento, nos están esperando –dije, al mismo tiempo que Sombra Negra y su cara de malas pulgas tenían que hacerse a un lado para no ser arrollados.

Salí a la calle. Necesitaba respirar aire fresco, a ver si el efecto microondas de mi cabeza terminaba de una vez. Al garbanzo pareció gustarle también,

porque dejó de llorar, abrió los ojos y miró hacia el cielo azul oscuro, como si fuera un fenómeno muy extraño.

Ser un garbanzo debe de ser una lata: hasta lo más normal, como que el cielo sea a veces claro y a veces oscuro, te parece algo rarísimo.

Cuando mi madre salió, me encontró sentado en un banco del parque, mirando cómo jugaban los otros niños, meciendo el cochecito. El garbanzo, cansado de mirar, había entrado otra vez en fase de desconexión.

–¿Qué haces aquí? –me preguntó enfadada.

–Tenía mucho calor –dije.

Me regañó por no abrigar al garbanzo y por tomar decisiones sin consultarle.

–Tienes que aprender a no pensar solo en ti, Óscar –dijo mi madre, tomando los mandos de la garbancera.

Uf, a veces las personas mayores piden cosas muy difíciles de cumplir.

6 *Nora, la pelota, y el garbanzo usurpa-amigas*

–¿CÓMO fue? ¿Cómo fue? ¿Cómo fue? –preguntó Nora por la mañana, nada más verme.

–No pude. Me rajé en el último momento –expliqué, sin atreverme a mirarla a los ojos.

–¿Quéeee? –puso cara de catástrofe intergaláctica–, pero ¿por qué?

–No sé... En el último momento no lo vi claro. Me dio por pensar y...

–Ya veo que no puedo separarme de ti ni cinco minutos. La próxima vez iré contigo.

Me pareció una estupenda conclusión. En ese momento, sonó el timbre que anunciaba el inicio de las clases y nos colocamos en la fila de tercero.

–Hoy, en la hora de informática, miraremos tu correo. Creo que tienes otro mensaje... ¡Y esta vez no voy a dejar que te eches atrás!

–¿Y tú cómo sabes que...?

–Ah, ¡un presentimiento!

Todo aquello me parecía muy misterioso, además de imposible: teníamos terminantemente prohibido acceder a internet desde el aula de informática.

–Nos van a castigar –advertí a mi amiga, que siempre se veía con ánimo para todo.

–Ya lo haré yo. Será facilísimo.

No hay nada, por difícil que sea, con lo que Nora no se atreva. Y tampoco hay nada, por difícil que sea, que haga mal. Se le dan bien hasta las operaciones de alto riesgo, como la de aquel día en el aula de informática. Estábamos sentados bastante lejos uno de otro. De pronto, me di cuenta de que me hacía señas con la mano, para que la mirara.

–Rápido, dame tu contraseña –susurró con urgencia.

Había aprovechado un momento de distracción de Jesús, el profesor, para abrir la página principal de mi correo y, antes de que pudiera advertirle de que se la estaba jugando, ya estaba en mi bandeja de entrada, moviendo los brazos como un molino de viento.

Lo apuntó en un papel. Cerró la ventana antes de que la descubrieran. Dijo que tenía que ir al lavabo y dejó caer el pedazo de hoja cuando pasó por mi lado. Nora es la mejor.

En el papel leí:

Hola, Topoazul:

No tengo dinero ni sé cuánto vale una madre, pero se me dan bien las matemáticas y el inglés. Te ofrezco hacerte los deberes durante todo un curso (incluidos los de inglés). Si te interesa, te espero el lunes a las cinco al lado de los contenedores.

Firmado: Baraka

¡Menuda oferta! Un curso entero sin hacer los deberes, incluidos los de inglés, era casi un sueño. Una de esas ofertas que es imposible rechazar.

–¿Y bien? ¿Qué vas a decirle? –preguntó Nora en cuanto terminó la clase.

–Tengo que pensarlo –dije.

–Estupendo, porque tienes todo el fin de semana para hacerlo. ¿Nos vemos mañana en El Librodrilo?

Todo un fin de semana para pensar algo, en mi caso, no es mucho tiempo. Los sábados, mi madre organiza sesiones de cuentacuentos en la librería. Nora no se pierde ni una, es una de las espectadoras más fieles.

Aquel sábado, mi madre contó el cuento de *El avión que se enamoró de la estrella más brillante*, otro de los que me contaba de pequeño. Me lo sé de memoria.

–Debe de ser estupendo que tu madre se sepa tantos cuentos –me dijo Nora una vez.

No contesté. En realidad, a mí no me parecía nada extraordinario, sino algo normal, que hacen todas las madres del mundo. No fue hasta aquella vez en que Nora me habló de su madre cuando me di cuenta de que hay madres en el mundo que hacen cosas muy raras.

Nora no tiene madre. Bueno, tuvo una, pero un día se marchó de viaje y no volvió nunca más, ni llamó por teléfono, ni le escribió desde ninguna parte. En recuerdo, le dejó una gata siamesa a la que Nora llama Mamá. Una vez me dijo que la gata la mira como si entendiera qué le ocurre, como si fuera algo así como el espíritu escondido de su verdadera madre.

La verdad, hay algunas cosas de Nora que no entiendo, pero yo nunca se lo digo para que no crea que soy tonto. Lo del nombre de su gata es una de esas cosas.

Nora odia hablar de su madre. Nunca lo hace. Con nadie. El día en que Nora me habló de su madre, supe que me había convertido en su mejor amigo. Y también supe que no quiero fallarle nunca.

Decía que Nora pasa muchas horas en El Librodrilo, los sábados. Le encanta ayudar a mi madre a colocar libros, abrir las cajas que envían los distribuidores y encerrarse en la trastienda con cualquier libro nuevo que acabe de

llegar. A veces ayuda a envolver los libros para regalo, o le explica a algún cliente el argumento de algún cuento que le ha encantado. Es una aprendiz de librera estupenda, y mi madre no deja de decírselo. Me da una rabia enorme.

A Nora le gustan todos los libros: los de aventuras, los de institutos, los de dragones, los de naves espaciales, los de chicas cursis, los de pandillas de superhéroes... Y eso, claro, hace que a mi madre le encante su compañía. A veces les divierte leer el mismo libro solo para comentarlo después. Nora dice:

–Este final es un poco flojo, esperaba más.

Y mi madre contesta:

–¿Y no te parece que la escena de la lucha en el desierto es igualita a aquella otra de...?

Lo peor de estas conversaciones es que se desarrollan en una especie de lenguaje en clave, como si, de pronto, mi madre y Nora se comunicaran en idioma marciano. Los que no leemos no tenemos derecho a enterarnos de nada de lo que hablan. A veces te hacen sentir fatal, sobre todo cuando dicen cosas como:

–¿Y no te ha parecido muy fuerte lo que le hace el caballero a la chica?

Pero si les pides que te lo expliquen te dicen:

–Es muy difícil de explicar. Hay que conocer toda la historia.

Pero estas conversaciones tienen un efecto secundario que no soporto. En cuanto tiene ocasión, a veces delante de Nora, mi madre dice cosas como:

–¡Qué bien nos lo pasaríamos si te gustara leer la mitad de lo que le gusta a tu amiga!

Lo dice con cara de lástima, para que me sienta culpable. A veces hasta lo consigue un poco. Pero solo porque me gustaría saber lo que le hizo el caballero a la chica. A mí también me gustaría hablar el idioma marciano, como ellas cuando están juntas.

Luego está la relación de Nora con el garbanzo. La primera vez que le vio, ella le acarició una mano. Y él le agarró el dedo con fuerza y comenzó a chupárselo. Qué asco. De pronto imaginé que el garbanzo me hiciera eso a mí y me dieron ganas de vomitar.

Nora, sin embargo, sonrió y le preguntó a mi madre:

–¿Puedo cogerlo?

Traté de advertirle de todas las cosas horribles que le podían pasar, pero no pude, porque mi madre respondió enseguida:

–Claro, Nora, cariño. Ven, te enseñaré cómo hacerlo –dijo.

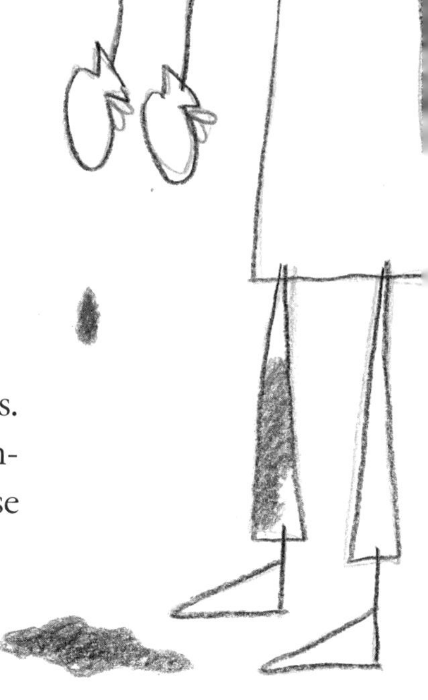

Yo solo había cogido en brazos al garbanzo una vez, pero nada más verme se hizo una caca enorme y apestosa que manchó todo su pijama y parte de mis pantalones. Fue una manera tan sincera de saludarme que se me quitaron las ganas de volver a tocarle por lo menos hasta que cumpla los seis años.

Mi madre me dirigió una mirada de esas que significan la mucha paciencia que está teniendo contigo, y comenzó a explicarle a Nora cómo se agarra un bebé:

–Mira, tienes que sujetarle la cabecita, así...

Nora estaba tan emocionada que durante un buen rato solo tuvo ojos y manos y palabras y de todo para el garbanzo usurpa-amigas. Luego, se volvió hacia mi madre y le dijo:

–Me ha gustado mucho la sesión de hoy. Especialmente, el cuento de *Jonás, el hombre que fue comido por una ballena.*

Reconozco que Nora tiene muchas virtudes. Pero a veces se pasa de pelota.

Cuando Nora se va, mi madre dice cosas misteriosas. Siempre se las dice a papá, como si yo no pudiera oírlas. De hecho, da lo mismo si las oigo o no, porque no las entiendo. Lo único que capto es el tono, que a veces es de enfado; a veces, de tristeza, y casi siempre, de las dos cosas a la vez:

–Menuda vida, pobrecita.

Aquel sábado, Nora no me prestó atención hasta muy tarde, hasta que llegamos a mi casa y mi madre se fue a darle de comer al garbanzo, y ella y yo nos encerramos en mi cuarto para hablar de nuestros negocios.

–¿Has pensado algo? –preguntó refiriéndose al anuncio.

–He pensado que estaba mejor lo del patinete, el teléfono y la consola. Un año de hacer los deberes no está mal, pero no es tanto.

–¿Que no está mal? –preguntó ella, abriendo mucho los ojos–. ¡Es genial ¡Si te pasas la vida pidiéndome que te haga los deberes!

–Ya... Pero no sé si está bien cambiar a tu madre por un año de deberes. Por lo menos, un teléfono se puede vender.

Nora me miró, pensativa.

–¿Quieres dinero?

Me encogí de hombros.

–S... sí. No estaría mal –dije.

–¿Lo haces por el dinero? –preguntó ella subiendo la voz.

–¡No! –me apresuré a contestar–. Lo hago porque estoy harto de las cosas que hace mi madre. Y también de las que no hace. Y porque hay un montón de cosas que dice que no soporto. ¡Y no es justo que quiera más al garbanzo que a mí!

Creo que estaba hecho un lío.

7 *Lista de frases odiosas que suele decir mi madre*

1. «¿Cuántas veces tengo que decírtelo?». Lo peor de esta pregunta es que nunca espera respuesta. La primera vez que mamá la hizo, me quedé pensando, muy preocupado, sin saber cuántas veces realmente me parecían necesarias... ¿Veinte?, ¿quince? Al final dije: «¿Diecisiete?». Lo dije en serio, no sé por qué tenía que enfadarse tanto. Aquel día aprendí que cuando los adultos hacen una pregunta, no siempre esperan que les contestes.

2. «Ponte a hacer los deberes». Puffff... Creo que sobran los comentarios. ¿Nadie piensa inventar un robot que haga los deberes?

3. «Son las nueve y media, a la cama todo el mundo». Lo que me fastidia es que, en mi casa, «todo el mundo» soy yo, porque mis padres se quedan viendo la tele y el garbanzo nunca sale de su cuna, de modo que es difícil que pueda volver a ella.

4. «En diez minutos quiero ver la habitación recogida». Tengo una duda: ¿hay algún experimento serio que demuestre que en diez minutos es posible recoger una habitación? Yo todavía no lo he conseguido, y eso que llevo varios años intentándolo.

5. «**Si no te comes la verdura, no crecerás**». A veces mamá piensa que soy tonto. Alejandro, el del otro grupo, nunca se come la ensalada ni las judías verdes y es el más alto de la clase. Las cosas verdes que se comen deberían estar prohibidas. El verde es el color más horrible que existe. Las amenazas falsas de los padres son de color verde.

6. «**Tu padre estaba antes**». ¿Y eso le da derecho a no comer nunca verdura ni fruta y a tener a mamá para él solo durante tanto rato? No es justo. Y cuando lo digo sonríen, como si la envidia que le tengo no fuera algo muy grave de lo que deberían preocuparse.

7. **«Lo primero es lo primero»**. Lo peor de esta frase es que «lo primero» siempre es algo horrible que hay que hacer, te guste o no, y, en serio, no sé por qué las cosas horribles tienen que ser las primeras.

8. **«Ya eres mayor, Óscar, tienes que ser un poco más responsable»**. Las obligaciones de ser mayor varían según el momento, pero nunca son buenas. Y con respecto a lo otro: ¡me niego en redondo a ser responsable! Incluso ahora que sé lo que es.

9. **«No porque no»**. Esta debería estar en primer lugar. En un examen de inglés que hice a principio de curso, la primera pregunta era: «Can elephants eat chicken? Why?», y contesté: «No because no», y no valió. No me parece nada justo.

10. **«Y punto»**. Significa que mi madre se vuelve sorda. Digas lo que digas, ella ya no vuelve a hablar de eso y ni siquiera te hace caso. Es como intentar mantener una conversación con un radiador.

Mi padre suele decir que los verdaderos hombres de negocios no tienen remordimientos. Lo de las listas me viene de mamá. Ella siempre hace listas de todo, dice que le sirven para ver las cosas claras. Exactamente lo que yo necesitaba.

Comencé una lista para eliminar mis remordimientos. El lobo feroz también debería haberlo hecho si igualmente pensaba comerse a la abuelita.

8 *Pensar demasiado puede provocar insomnio*

PUES así estaban las cosas: hechas un lío.

Aquella noche, papá tenía ganas de estar tranquilo, mi madre tenía dolor de cabeza y el garbanzo tenía un mal misterioso llamado cólico. Mamá decidió que para cenar había leche con galletas y no me sirvió de nada decirle que no me apetecía la leche y que detesto las galletas (especialmente esas cuadradas que cuando se remojan parecen caca de periquito).

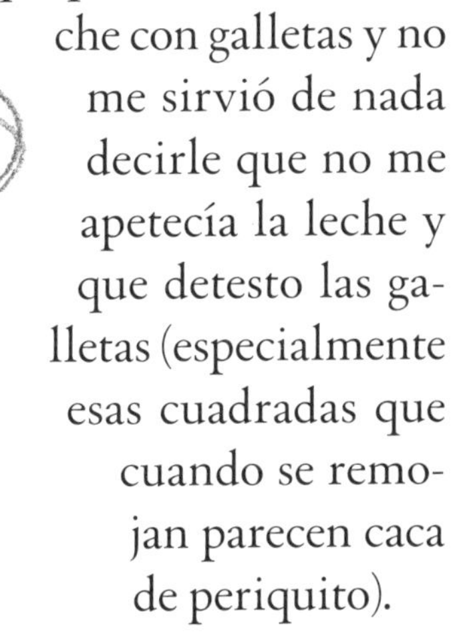

–Esto es lo que hay –dijo mi madre–. Y punto.

Cuando mi madre dice «Y punto», se bloquea y no es capaz de seguir hablando. Es muy raro, porque hablar es su entretenimiento favorito. Por eso se lleva tan bien con Nora.

Hablando de Nora.

Mi padre estaba en el sofá, con su ordenador portátil y la tele encendida. Yo me lavaba los dientes cuando le oí llamar a mamá como si tuviera mucha prisa:

Mamá acudió a toda velocidad, preguntando si pasaba algo. Subieron el volumen de la tele. No les oía muy bien, pero escuché cómo papá le dijo algo a mamá que sonó como:

–¿Ese no es el padre de Nora?

Luego, bajaron la voz y comenzaron a hablar en susurros. También bajaron el volumen del aparato. Antes de que lo hicieran, dejé de lavarme los dientes y presté mucha atención.

Era uno de esos programas donde cuentan cosas de la vida de los famosos. Hablaban del padre de Nora y de Fermina Daza. Y también de denuncias, juzgados, querellas y palabrejas así. No entendí nada.

Cuando mi madre entró a darme un beso, la encontré preocupada. Me preguntó si había hablado con mi amiga aquella noche. Le dije que sí.

–¿Sabes si está sola en casa?

A Nora no le gustaba que dijera que estaba sola en casa.

–No lo sé, no me lo ha dicho.

–No me mientas en esto, cariño. Antes me has hecho una pregunta muy rara. Piensa que no ayudas a tu amiga ocultando información. Puede ser que la perjudiques mucho.

Los mayores tienen un montón de trucos para sacarte lo que ellos quieren. Temí que aquellas palabras fueran uno de ellos. La pregunta rara a la que se refería era la siguiente:

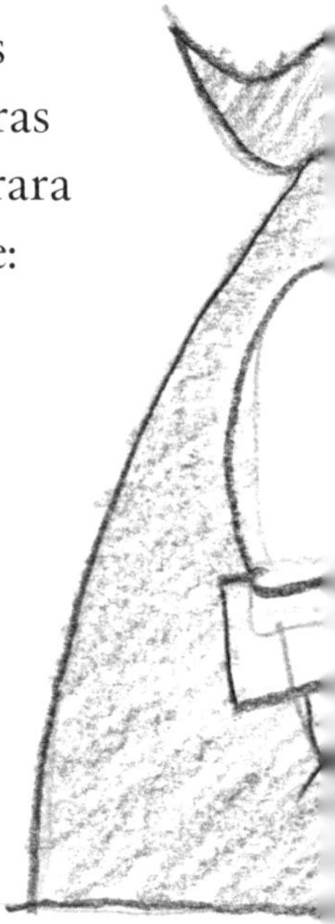

–Mamá, ¿Nora podría vivir con nosotros durante un mes?

Mi madre negó con la cabeza, muy seria:

–Nora tiene un padre, Óscar. Nosotros no podemos comportarnos como si fuéramos su familia, por muy amiga tuya que sea.

Resumiendo: que si las personas no son de la familia, importan menos.

Además, mi madre puede llegar a ser muy insistente. Me preguntó hasta tres veces más si Nora estaba sola en casa. A los adultos no hay quien los entienda, desde luego.

–De verdad, mamá, no lo sé. No me lo ha dicho –mentí otra vez.

Mi madre dejó escapar un bufido de resignación. Me tapó hasta las orejas y me besó en la frente.

–Hasta mañana, cariño. Sueña cosas bonitas.

En cuanto salió, me destapé. Odio tener la cabeza metida debajo de la colcha. No soy un cangrejo ermitaño.

Aquella noche pensé tanto que no me dormí hasta muy tarde. Le había mentido a mi madre con respecto a Nora, y me sentía fatal.

Unas horas antes, mi amiga me había llamado para decirme que Fermina se había marchado porque su padre y ella ya no eran novios.

–¿Y tú estás sola en casa? –pregunté, muerto de envidia.

–No, con Mamá. En este momento, ronronea encima de mi colcha.

–¿Y qué vas a hacer? ¿Te vas a dormir?

–¿Tú estás loco? ¡Claro que no! No lo sé. Igual me paso toda la noche conectada a internet.

–¿Y tu padre?

–Está en Miami, grabando unos programas de televisión. Tiene trabajo hasta final de mes. Me manda la compra por internet y me llama todas las noches. Dice que lo tiene todo controlado.

–¿Y no te aburres?

–¿En internet? ¿Tú estás tonto?

La verdad era que Nora me daba una envidia horrible.

Hay una cosa peor que ir con mi madre y el garbanzo a las sesiones de cuentacuentos de la biblioteca: ir con ellos al pediatra. Siempre tenemos que esperar, en una sala de espera llena de garbanzos y sus madres (casi no hay hermanos), hasta que nos toca. Luego entramos en la consulta y siempre ocurre lo mismo: mamá desnuda al garbanzo, él llora, el médico le pesa, le mide, le escucha la tripa, le mira las orejas con una luz y a veces le vacuna. Luego, mamá viste al garbanzo y regresamos a la librería.

Cada vez que toca pediatra, le pido a mamá que me deje quedarme en casa, que tengo deberes, que me duele la tripa o lo que sea, con tal de ablandarla un poco. Su respuesta siempre es la misma:

Mis protestas no valen de nada. Le recuerdo que ya tengo ocho años y medio, que voy solo al colegio, que sé cómo funciona todo, que no abriría la puerta por mucho que llamaran, que estaré estudiando todo el rato...

Un día decidí intentar con el típico truco de «a mis amigos les dejan y tú a mí no» y dije:

–Nora siempre se queda sola en casa y no pasa nada.

Mi madre se volvió hacia mí, más seria que nunca, y dijo:

–Te aseguro que si Nora fuera hija mía, no estaría siempre sola.

Pero Nora no es hija de mi madre. Su hijo soy yo. Por eso no me pierdo ni una sola de las visitas del garbanzo al pediatra.

No sé por qué, pero esta respuesta me animó a rechazar la oferta de Baraka. Le escribí un correo electrónico y le dije que nada de lo que me ofrecía me interesaba. No quise darle demasiadas explicaciones, porque no quería que insistiera. En el fondo, hice lo mismo que mi madre: «No porque no».

Siempre aparece el típico despistado que acaba de descubrir que Nora es hija de Martín Galán. Aquella vez fue un chico nuevo:

–¿El de *El más memo siempre gana*? –preguntó con aquella cara de incredulidad que siempre acompaña la pregunta–. ¿De verdad? ¡Qué puntazo!

Nora rebufó, harta.

Con resignación, contestó:

–Ya ves.

–¿Puedes pedirle que me firme un autógrafo? –añadió.

–No.

La respuesta le dejó un poco descolocado. Se quedó un momento callado, mirando a mi amiga. Y luego dijo:

–Qué suerte tienes. Ya me gustaría tener un padre así.

Hasta aquí, todo había sido normal. Nora tenía su cara de paciencia-con-aburrimiento, como otras veces. El nuevo no daba crédito a lo que estaba oyendo, como si Nora acabara de decirle que era hija de un habitante del planeta Júpiter. Y yo los miraba a los dos, y sabía en todo momento lo que iba a pasar. Pero aquella vez me equivoqué.

Aquella vez ocurrió algo imprevisto. De pronto, Nora frunció el ceño, cerró los puños y levantó la voz:

–Pues no, ¡no es ninguna suerte! ¡Te regalo a mi padre ahora mismo, si lo quieres! –dijo gritando y llorando al mismo tiempo.

Luego se fue corriendo hasta el lavabo de chicas y se encerró en el primero que encontró libre, dando un portazo que resonó en todo el colegio.

El nuevo me miró, desconcertado, y solo se le ocurrió preguntar:

–¿Qué he dicho?

Podría haber entrado en el lavabo de chicas, pero me pareció mucho más práctico pedirle al director que telefoneara a mi madre.

Tardaron un buen rato, pero finalmente mi madre consiguió convencer a mi amiga de que saliera del cuarto de baño y explicara lo que le había pasado. Los esperé en el patio, preguntándome todo el rato dónde estaba el garbanzo y cómo demonios había hecho mi madre para venir sin él.

9 *Dos madres lejos a cambio de una madre cerca*

EL tercer mensaje fue el más original.

Apreciado Topoazul:

Somos dos hermanas gemelas. Tenemos una madre y una tía, también gemelas. Te las cambiamos por tu madre. Dos por el precio de una, ¡es una ganga! Nosotras también vamos al colegio Mar Salado, pero nuestra madre y nuestra tía aún están en China. Te esperamos esta tarde a las cinco, delante de los contenedores.

Firmado: Wang y Ling

Estuve nervioso toda la tarde, hasta que llegó la hora de acudir a la cita. Y cuando vi a las dos hermanas esperándome donde habían dicho, me puse más nervioso todavía.

Nora no pudo acompañarme, aunque quisiera, porque tenía una de esas citas aburridísimas con la psicóloga escolar. La tercera en una semana. Menudo rollo.

Wang y Ling eran idénticas como dos gotas de agua. Eran un año más pequeñas que yo, por eso no las había visto nunca (yo no voy nunca al patio de los más pequeños).

–Hola, tú debes de ser Óscar, ¿verdad? ¿Has traído fotos? –dijeron, nada más verme.

–¿Fotos? ¿De qué?

–De tu madre, claro –dijo una de ellas (aunque no sé cuál, porque era imposible distinguirlas y, además, iban vestidas igual).

–La de la página de anuncios no se ve muy bien –explicó la otra, refiriéndose a la foto de mi madre que había puesto Nora junto al texto.

–No... No he traído más. Pero os la puedo enseñar en persona, si queréis. Mi madre tiene una librería aquí cerca. El Librodrilo, ¿la conocéis?

Por la cara que pusieron, entendí que no habían oído hablar del negocio familiar en toda su vida.

–Es librera –le dijo Wang a Ling.

–Sí –contestó Ling a Wang–, una cosa menos en nuestra lista.

–¿Lista? –me interesé yo–. ¿Qué lista?

–Vamos a la librería y luego hablamos –dijeron casi a la vez.

Mi madre se extrañó de verme llegar acompañado a El Librodrilo. Saludó a mis «amigas» y me animó a enseñarles la librería.

Pero no era precisamente la librería lo que ellas querían ver. Durante un buen rato, con la excusa de enseñarles la tienda, las dos hermanas se estuvieron fijando en mi madre. Parecían dos espías profesionales: fingían tener mucho interés en una novela de dragones y unicornios, pero tenían los ojos clavados en la librera Mariluz, que no paraba de ir y venir de un lado a otro. O se escondían detrás de una estantería, y la miraban durante un buen rato. Me estaba comenzando a poner nervioso cuando una de ellas dijo:

–Ya está. Vamos al parque de aquí al lado.

En el mismo momento en que echamos a andar hacia el parque, comencé a arrepentirme de no haberle contado nada de mi cita a Nora. Algo me hacía sospechar que iba a necesitarla. Y lo peor era que, cuando se enterara, se iba a enfadar conmigo, seguro.

Las dos hermanas caminaron muy seguras hasta el parque infantil. Estaba lleno de niños que jugaban y corrían, vigilados por sus madres, pero eligieron un rincón donde un árbol muy frondoso daba sombra a un banco solitario. Se instalaron allí y me preguntaron si quería sentarme. Prefería quedarme de pie. Hace tiempo que tengo comprobado que pienso mejor con la cabeza más arriba. Seguro que tiene que ver con las neuronas y el oxígeno.

Wang y Ling abrieron sus mochilas a la vez y sacaron un papel muy largo, enrollado. Cuando lo desplegaron, me di cuenta de que estaba escrito por las dos caras con letra muy menuda.

Wang le preguntó a Ling (o igual fue al revés):

–¿Empiezas tú o empiezo yo?

Y Ling le dijo a Wang (o todo lo contrario):

–Empieza tú.

Entonces, la primera que había hablado empezó a leer la hoja enrollada. Me sentí como en un examen de los difíciles.

–¿Tu madre ronca?

–No.

–¿Fuma en pipa?

–¡No!

–¿Tiene pelos en los pies?

–¡Claro que no! ¿Qué preguntas son...?

–¿Ve la televisión?

–A veces.

–¿Sabe multiplicar?

–¡Sí, claro!

–¿Canta en la ducha?

–Nunca la he oído cantar, pero…

–¿Dice palabrotas?

–Nunca.

–¿Se lava el ombligo?

–Creo que sí. Es muy limpia.

–¿Te ayuda a hacer los deberes?

–Sí. Incluso demasiado, a veces.

–¿Le gustan los gatos?

Me quedé pensativo. La verdad era que no tenía ni idea. Nunca habíamos tenido ninguno. Pero mi madre contaba cuentos de gatos.

–No lo sé –repuse.

Wang (o Ling) levantó la vista del papel y me miró, seria como un inspector de policía con retortijones.

–Pon un interrogante –le dijo su hermana, señalando la pregunta que había quedado sin responder.

Lo hicieron con desgana, como si les resultara terrible quedarse con aquella duda gatuna con respecto a mi madre.

–Continuaré yo –dijo Ling (o puede que fuera Wang), mirando el papel y comenzando otra vez el interrogatorio–: ¿Tu madre sabe conducir?

–Sí, pero no conduce.

Aquello las frenó un poco. Levantaron las caras de sus papeles, con la misma arruga de inquietud dibujada entre sus cejas, y preguntaron:

–¿Y por qué no?

–Porque mi padre se lleva el coche. Ella va en bicicleta.

Ling (o Wang) regresó a su lista de preguntas.

–¿Sabe cocinar dulces?

–¿Qué clase de dulces?

–Solo puedes contestar sí o no.

–Sí.

–¿Qué clase de dulces?

–Pastel de chocolate, mousse de yogur, flanes, batidos de fruta con leche, leche merengada...

–Está bien, es suficiente. ¿Se hurga la nariz?

–Claro que no.

–¿Compra pizzas congeladas?

–No.

–¿Merluza congelada?

–Tampoco.

–¿Patatas fritas congeladas? 
–Nunca compra congelados.
–¿Huele bien?
–Sí.
–¿Habla mucho o poco?
–Bastante.
–¿Grita?
–Cuando se quema en la cocina.
–¿Se lava los dientes?
–Doce veces al día, por lo menos.
–¿Te deja ir a fiestas de cumpleaños?
–Sí.
–¿Y ella es de las que van o de las que se quedan en casa?
–Solo va si son en domingo.

Y así continuamos un buen rato. No sé cuántas preguntas me hicieron, pero fueron tantas que igual me equivoqué en alguna respuesta, por culpa de la concentración. Una sola vez intenté acabar con aquello preguntando si faltaba mucho, pero las dos contestaron al mismo tiempo:

–Ya estamos terminando, tranquilo.

Un buen rato más tarde, se miraron, estudiaron sus respectivos papeles, hicieron una especie de evaluación rápida y una de ellas dijo:

–Nos interesa tu madre. Por cierto, ¿cómo se llama?

–Mariluz.

–¿Mariluz? Nosotras la llamaríamos Guo Meng Kuan, ¿te importa?

–No, no –me apresuré a decir–, aunque es un poco raro. ¿Cómo se llama la vuestra?

–Nuestra madre se llama Tan Kun Lang. Significa «Brillo de la Tierra». Igual prefieres llamarla Brillo.

–¿Brillo? Eso también es un poco raro. Señora Brillo... –musité.

Doblaron sus hojas de papel, plegaron los brazos, me miraron muy serias (como habían estado todo el rato) y Wang (o Ling) dijo:

–Ahora te toca a ti. Pregunta lo que quieras de nuestra madre y de nuestra tía.

Estaba tan cansado de preguntas y respuestas, que no se me ocurría gran cosa. Tenía la mente en blanco. ¡Menuda novedad!

–¿Son guapas?

Una de ellas sacó una carpeta de la mochila y me la entregó. La abrí, intrigado. Eran fotos. En todas se veía a dos señoras chinas, siempre sonrientes y siempre agarradas del brazo. También eran idénticas y también iban vestidas igual.

–¿Cómo las distinguís? –pregunté.

–No lo hacemos. Pero se parecen tanto que no hace falta.

–Es como tener dos madres –dijo la otra.

–No sé si me gustaría tener dos madres... –susurré.

–Eso es porque vives con tu madre. Pero la señora Brillo vive en China, y nuestra tía también. No importa si son dos o doce; igualmente, no las verás.

–¿Y si se me cae un botón? –pregunté.

Me miraron, muy intrigadas, como si no supieran de qué les estaba hablando.

–Yo no sé coser. ¿Qué hago si necesito que mi madre, o la vuestra, me cosa un botón?

Por un momento, parecieron desconcertadas. Luego, una de ellas levantó un dedo, como si acabara de tener una idea brillante.

–¡Se lo mandas a China! –dijo.

La verdad es que era una posibilidad. Igual debía hablarlo con mi padre, a ver qué opinaba de mis negocios. Al garbanzo daba lo mismo preguntarle o no, porque de todas formas no sabía hablar.

–Muy bien. Lo pensaré esta noche y mañana os diré algo –les dije, como hacen los hombres de negocios.

Se marcharon muy juntas, agarradas del brazo. No parecían contentas, pero tampoco enfadadas.

Mientras regresaba a la librería y buscaba algo convincente que explicarle a mi madre, no dejaba de pensar en que por fin iba a ser como Nora.

Iba a poder hacer lo que me diera la gana.

En ese momento fui a subirme los pantalones y me di cuenta de que se me había caído un botón. Uno muy importante.

El que sujeta
los pantalones
en su sitio,
nada menos.

CLINC

10 *Risas nerviosas y alguna sorpresa*

MIENTRAS mi madre me cosía el botón, escribí una carta en sucio para la señora Brillo. No tenía su correo electrónico, pero pensé que si iba a ser su hijo en la distancia, estaría bien acostumbrarme a escribirle:

Estimada señora Brillo:

Soy su nuevo hijo. Me llamo Óscar, pero si prefiere llamarme otra cosa, no me importa. Lo único que quiero es que no me diga lo que tengo que comer ni qué películas tengo que ver. Que no me obligue a hacer los deberes ni me prohíba utilizar el ordenador ni me obligue a comer verdura. Todo lo demás, me da más o menos lo mismo. Espero que nos llevemos bien y que sepa usted coser botones. Saludos a su hermana, mi nueva tía.

Óscar

Busqué a Nora en el canal de conversación automática, pero no la encontré. La llamé por teléfono, pero tenía el móvil desconectado. Comencé a preocuparme de verdad.

En ese momento, me llamó mamá para cenar. En el plato había patatas hervidas con acelgas y una tortilla francesa.

–No quiero cenar esto –dije–. Quiero un bocadillo.

Mi madre (que igual muy pronto iba a dejar de serlo) me miró de arriba abajo. Tenía al garbanzo en brazos. Papá aún no había llegado de trabajar.

–¿Cómo dices? –preguntó, atónita.

–Lo quiero de salchicha, con doble de queso y mucho ketchup, en un pan de esos blandos que venden en el supermercado. Ah, y una naranjada. ¡Y me lo quiero preparar yo solo, sin que me ayudes! ¡Y comérmelo en el sofá, viendo la tele!

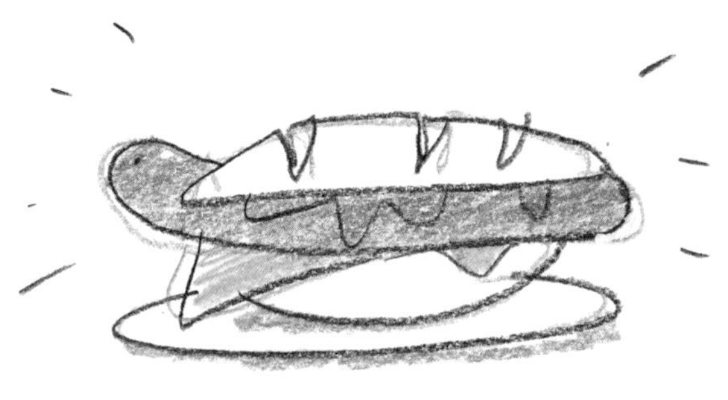

Entonces a mi madre le ocurrió algo muy raro: se echó a reír. Muy fuerte, como nunca la había oído reír. Comenzó por soltar una carcajada de esas tan sonoras como una explosión. Pero luego siguió otra, y otra más. De pronto, le faltó el aire y tuvo que sentarse. El garbanzo estaba encima de ella y no sabía adónde mirar. Comenzó a llorar, porque el pobre es tan pequeño que aún no sabe que reírse no es malo, aunque haga tanto ruido. Mi madre se dio cuenta y comenzó a reír más aún. Era como si le hubiera dado un ataque. Rió y rió y rió. Tanto, que tenía los ojos llenos de lágrimas. Tuvo que sacar un pañuelo y sonarse las narices. Y aquello le dio aún más ganas de carcajearse. Cuando por fin consiguió pronunciar cuatro palabras seguidas, sin estallar de nuevo, dijo:

–Sí, hijo, sí. Ha quedado clarísimo. Adelante, prepárate la cena.

Y se fue al salón a darle el pecho al garbanzo.

Fue todo tan raro que ni siquiera me dio tiempo a hablarle de Wang y Ling ni a preguntarle qué le parecería si ellas fueran sus nuevas hijas gemelas.

–Tenemos una sorpresa para ti –dijo mi madre, muy misteriosa, en cuanto llegó papá.

Parecían nerviosos. Por un momento, sentí pánico: más o menos, aquella era la cara que tenían el día en que me comunicaron que iba a tener un hermanito. De pronto, temí que fueran a anunciarme una invasión de garbanzos. Pero no. Prefirieron hacerse los misteriosos un buen rato más:

–No vas a tener que esperar mucho. Debe de estar al llegar.

A las diez menos cuarto, sonó el timbre del telefonillo. Era muy raro que no me hubieran mandado a la cama todavía. Realmente, lo que estaba pasando debía de ser muy importante. Esperamos junto a la entrada como un ejército en formación. Cuando llamaron a la puerta, mi padre corrió a abrir. Era Nora, acompañada de una señora a la que no había visto nunca. Enseguida me di cuenta de que mi amiga traía una maleta y una especie de cárcel de plástico donde viajaba su gata.

–Se va a quedar con nosotros una temporadita –anunció mi madre sonriendo–. ¿Estás contento?

Tuve una especie de colapso neuronal. No sabía qué pensar ni qué decir. Además, no entendía nada. Me sentía como debe de sentirse el garbanzo cuando nos mira hacer cualquier cosa.

No lo entendí hasta que me lo explicó Nora, despacito, un rato después.

–Se llama acogida. Voy a estar con vosotros hasta que mi padre deje de viajar tanto y pueda hacerse cargo de mí. Lo han arreglado los psicólogos del colegio y otros a quienes no conocía, pero fue tu madre quien se ofreció.

Sentí algo que no había sentido nunca. Me sentí orgulloso de mi madre. Fue un poco desagradable, supongo que por falta de costumbre.

Nora se instaló en el cuarto de la plancha, que desde ese día comenzó a ser la habitación de invitados. Mamá dijo que de momento se acostaría en el sofá-cama, y papá dijo que esa misma semana comprarían un dormitorio como Dios manda. Otra vez me costó mucho trabajo dormirme, porque imaginar que Nora estaba allí, justo tras la pared de mi cuarto, me hacía sentir unas cosquillas rarísimas en el estómago. Creo que era la emoción.

–Mañana desharemos la maleta –dijo mi madre–. De momento, saca a ese pobre bicho de su caja y dale algo de cenar. Mañana será otro día.

«Mañana será otro día» es otra de esas frases que a mi madre le gusta repetir, aunque en realidad sea una tontería tan grande que merecería aparecer en el concurso del padre de Nora.

Cualquier día empezaré otra lista titulada *Frases absurdas que pronuncia mi madre*, pero esperaré una temporadita.

Epílogo

La gata de Nora se adaptó muy bien a su nueva casa y a su nueva familia. Nada más llegar, se restregó un poco contra las piernas de mi padre, durmió una siesta corta sobre el regazo de mi madre y observó mucho rato al garbanzo, como preguntándose si era mejor comérselo o ignorarlo. Finalmente, optó por lo segundo. Le pusimos una manta en la habitación de Nora, para que durmiera cerca de su dueña y no extrañara nada.

Pero a los gatos les cuesta quedarse quietos en un mismo lugar y nunca duermen por las noches, de modo que la gata de Nora decidió salir de excursión y acabó en mi cuarto. Y como yo tampoco podía dormir y no hacía más que preguntarme cuándo acabarían las cosquillas del estómago, me di cuenta de que tenía algo así como un calor extraño junto a mis pies.

Me encantan los animales. Encendí la luz de la mesilla y le indiqué a la gata que se echara a mi lado, un poco más arriba. El animalito me entendió y enseguida me hizo caso. Ronroneaba y olía genial. Pasé un buen rato acariciándola. Creo que yo también ronroneé un poco, de la alegría de tenerla allí. Entonces me di cuenta de que llevaba un collar. Uno rojo, un poco gastado. Quedaba tan escondido entre su pelo, que hasta ese momento no lo había visto. Me fijé bien. Tenía una placa, una especie de medallón. Y en el medallón había una inscripción: *Baraka.*

Si mis pensamientos hubieran sonado como una máquina, aquella noche no hubiera dejado dormir a nadie.

Por la mañana se lo pregunté a Nora.

–¿Qué significa *Baraka*?

–Es «suerte», en algún idioma raro –dijo.

–Tu gata lleva una placa con ese nombre.

–Creo que mi madre la llamaba así. Por eso yo prefiero llamarla de otra forma.

Nos miramos sin pronunciar palabra. Creo que los dos comprendimos muchas cosas. Nora parecía un poco incómoda. La conozco muy bien: creo que estaba pensando lo mismo que yo.

Se encogió de hombros, bajó la mirada y no dijo nada más.

Aquella tarde, al volver del colegio, la ayudé a deshacer su equipaje. Fuimos colocando la ropa en los estantes del armario. Yo se la daba y ella la doblaba, porque se le da mucho mejor.

Ya casi habíamos terminado cuando, de un bolsillo lateral de la maleta, cayó una fotografía. La recogí del suelo y me quedé como congelado del asombro. Era un chico pelirrojo, alto y pecoso. Le reconocí enseguida, sin necesidad de mirarle mucho. Era Sombra Negra. Fue la pista definitiva, la que necesitaba para acabar de atar todos los cabos.

–Igual deberíamos hablar –le dije a Nora.

–Igual sí.

Y hablamos.

De hecho, de pronto vi claras muchas cosas. De algún modo, ya las había visto antes de que ella me las dijera. Pero fue estupendo que me lo contara todo, sin olvidar ni un detalle.

–El chico pelirrojo es un primo segundo mío –dijo Nora–. Le pedí que se hiciera pasar por Sombra Negra, y él se lo tomó muy en serio, porque quiere ser actor.

–Y Baraka también eras tú, claro... Como tu gata...

Bajó los ojos, un poco avergonzada, y dijo que sí con la cabeza antes de añadir:

–Tenía la gata sentada en mi regazo, y fue lo primero que se me ocurrió cuando contesté al anuncio.

–¿Y las hermanas Wang y Ling

–¡De esas no sé nada! De hecho, si me lo hubieras consultado, no te habría dejado ir sin mí. ¡Las habría mantenido a raya!

Nora y yo nunca nos enfadamos. Es nuestra norma: mejor comprenderse que pelearse. Aunque a veces no es fácil, y requiere un poco de esfuerzo.

–Me parecía tan estupendo tener una madre que te prepare la merienda, te cuente cuentos y te dé un beso de buenas noches antes de dormir... –susurró.

Yo todavía pensaba en algo que decirle, cuando Nora habló otra vez. Esta vez para decir:

–Me alegro mucho de que hayas fracasado en el mundo de los negocios, Óscar.

Ahora sí supe qué contestarle. Me salió sin pensar:

–Y yo me alegro mucho de que estés aquí.

Un día después de la llegada de Nora, volví a entrar en la página de anuncios por internet. No lo había hecho desde aquel sábado en que me convertí en un hombre de negocios. Busqué entre los anuncios de mi zona y de mi grupo de edad hasta que encontré el mío, el que no habría podido redactar sin la ayuda (y el interés) de mi amiga Nora. Lo leí de nuevo:

Se vende mamá de 38 años, pelo de color castaño claro, no muy alta (pero tampoco bajita), ojos marrones, bastante guapa. Le salen muy bien la lasaña, la pizza de cuatro quesos y los crepes de sobrasada. Le gusta ir a los parques de atracciones. Es muy cariñosa y tiene la voz agradable. Conoce un montón de cuentos. Casi nunca regaña.

Me pareció muy raro, como si no lo hubiera escrito yo. Sin dudarlo un segundo, apreté la tecla «Borrar». Dos veces.

Enseguida apareció un texto:

> **Enhorabuena**. Tu anuncio **«Se vende mamá»** acaba de borrarse con éxito de la página «Vender y comprar cualquier cosa, útil o no». ¡Esperamos que nos visites de nuevo muy pronto!

Antes de salir para siempre de aquella página, decidí curiosear un poco. Entré en la sección de teléfonos, de patinetes con motor y de consolas. También visité la de mascotas. Ya me iba cuando vi el apartado de «Otros». Pulsé la tecla.

Solo había un anuncio. Lo había puesto alguien llamado «Mamadrilo». Jamás había oído ese nombre, pero me dio la impresión de que me resultaba familiar. Decidí pulsar en la opción «Leer este anuncio». De pronto, se abrió una nueva ventana y me encontré cara a cara con mi foto.

¡No me lo podía creer! Era una foto mía horrible: la de cuando terminé primero. Estaba feo y parecía más pequeño y más serio de lo que soy en realidad. Pero lo peor no era la foto, sino lo que leí después. Un anuncio
en el que se decía:

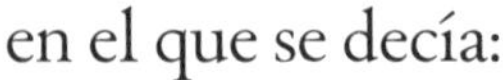

Se vende hijo de 8 años y medio, muy guapo, inteligente (pero un poco vago), algo protestón, siempre enfurruñado, que casi no ayuda en casa y odia la lectura con todas sus fuerzas.
Su plato favorito es la pizza de cuatro quesos y no le gusta nada acostarse temprano.

Me podría haber sentado mal, pero ocurrió todo lo contrario.

Sonreí.

¡Mi madre me había descrito a la perfección! ¡Ni siquiera se había olvidado lo de acostarse temprano, y eso que yo pensaba que no se había dado cuenta!

De pronto, vi las cosas de otra manera. Pensé que nadie es perfecto, ni siquiera las madres, ni siquiera las mejores amigas. Y que querer a una persona significa saber ver en ella lo que tiene de especial.

Creo que ese día comencé a hacerme un poquito mayor.

TE CUENTO QUE A CARE SANTOS...

... le encanta cocinar, viajar, escribir cuentos y contar historias. Es una persona divertida, cariñosa y una gran conversadora. Pero lo cierto es que, cuando les dice a sus tres hijos que se vayan pronto a la cama, se coman toda la verdura o se laven detrás de las orejas, ellos piensan que no es ni tan divertida ni tan buena cocinera. Y ni se les pasa por la cabeza que es una de las mejores escritoras de literatura infantil y juvenil que tenemos en España; simplemente, es una mamá tan rollo como todas las demás. Aunque seguro que la quieren igual.

Care Santos nació en Mataró (1970). Ha publicado más de cuarenta libros, tanto para niños y jóvenes como para adultos, y ha recibido varios premios, entre ellos El Barco de Vapor 2009 por *Se vende mamá*.

¿QUIERES LEER MÁS?

ÓSCAR NO ES EL ÚNICO PERSONAJE DE EL BARCO DE VAPOR QUE ESTÁ HARTO DE SU MADRE. A LENA, LA PROTAGONISTA DE **EL SECRETO DE LENA,** le pasa exactamente igual. Bueno, en realidad, lo que a Lena le molesta es que sus padres la contradigan. Por eso va a ver a un hada, para que le dé una solución.

EL SECRETO DE LENA
Michael Ende
EL BARCO DE VAPOR, SERIE AZUL, N.º 113

SI TE GUSTAN LOS LIBROS COMO ESTE, NARRADOS CON MUCHO SENTIDO DEL HUMOR, NO TE PUEDES PERDER **EL DEDO QUE NO ERA UN FINGER.** Acompañarás a Spike en su primer viaje a Inglaterra, donde descubrirá que un dedo no siempre es un finger, qué es «a veggie sauge» y, lo que es peor, que la mafia rusa está detrás de todo lo que le ocurre.

EL DEDO QUE NO ERA UN FINGER
Paloma Bordons
TUS BOOKS

SI TE HA SORPRENDIDO TODO LO QUE PUEDE PASAR CUANDO UN NIÑO DECIDE VENDER A SU MAMÁ, NO TE PUEDES IMAGINAR LO QUE LE OCURRIRÁ A MAYA CUANDO PONE EN VENTA A ASHRIT EN **QUIERO VENDER A MI HERMANA**.

Y eso que solo quería contribuir de algún modo a la economía familiar.

QUIERO VENDER A MI HERMANA

Nurit Zarji

EL BARCO DE VAPOR, SERIE AZUL, N.º 118

LA LLEGADA DE UN NUEVO MIEMBRO A LA FAMILIA SIEMPRE TRAE COMPLICACIONES. SI NO, QUE SE LO DIGAN A LAURA, LA PROTAGONISTA DE **¡JORGE HABLA!**, que a las cuatro semanas de nacer su hermano, descubre que no es un bebé corriente, aunque, de momento, debe guardar el secreto.

¡JORGE HABLA!

Dick King-Smith

EL BARCO DE VAPOR, SERIE AZUL, N.º 59